# भृगु

## भाग: 1
## आगमन

परिकल्पना, चित्र एवं संवाद:
मृणाल राय

"ऋषियों के बारे में क्या सोचते हो? जब मैं कहूँ शब्द 'ऋषि' तो दिमाग़ में पहले क्या आता है?"
"वो जो क्रोध आने पर जल हाथ में लेकर श्राप देते थे और वो सच भी हो जाता था...?"
"वो लोग जो उन राजा रानी को जिसे कोई संतान नहीं हो रही होती थी, उन्हें आशीर्वाद देते थे और फिर चमत्कार से रानी गर्भवती होती थी और शूरवीर पुत्रों को जन्म देती थी?"

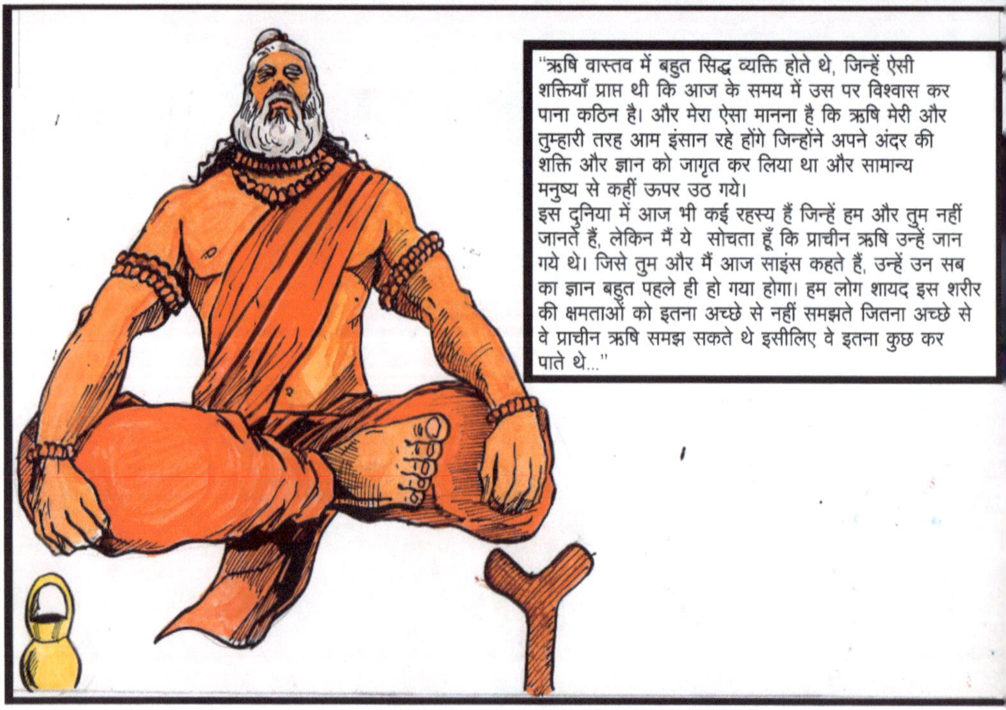

"ऋषि वास्तव में बहुत सिद्ध व्यक्ति होते थे, जिन्हें ऐसी शक्तियाँ प्राप्त थी कि आज के समय में उस पर विश्वास कर पाना कठिन है। और मेरा ऐसा मानना है कि ऋषि मेरी और तुम्हारी तरह आम इंसान रहे होंगे जिन्होंने अपने अंदर की शक्ति और ज्ञान को जागृत कर लिया था और सामान्य मनुष्य से कहीं ऊपर उठ गये।
इस दुनिया में आज भी कई रहस्य हैं जिन्हें हम और तुम नहीं जानते हैं, लेकिन मैं ये सोचता हूँ कि प्राचीन ऋषि उन्हें जान गये थे। जिसे तुम और मैं आज साइंस कहते हैं, उन्हें उन सब का ज्ञान बहुत पहले ही हो गया होगा। हम लोग शायद इस शरीर की क्षमताओं को इतना अच्छे से नहीं समझते जितना अच्छे से वे प्राचीन ऋषि समझ सकते थे इसीलिए वे इतना कुछ कर पाते थे..."

"ये ऋषि केवल मनुष्य जीवन के ही रहस्यों को नहीं जानते थे बल्कि अनन्त अन्तरिक्ष के गूढ़ सत्य के भी जानकार थे। ज्योतिष भी एक प्रकार का विज्ञान ही है। ग्रहों की गणना करते हुए उनका किसी निश्चित समय स्थान पता करना और उस क्षण के हिसाब से भविष्यवाणी कर देना आज भी ज्योतिषियों का काम है। फिर सालों पहले जन्मे ऋषि मुनियों को तो ऐसी गणनाओं में महारत हासिल होगी। ये गणनाएं उनकी उंगलियों पर रहती होंगी। इसी कारण वे भविष्य पर दूरगामी नज़र डालते हुए आने वाले समय में होने वाली घटनाओं के आधार पर किसी को वरदान या श्राप दे सकते थे।"

"हमारे सप्तऋषियों को अंतरिक्ष में एक तारामंडल के रूप में माना जाना केवल एक मान्यता की बात नहीं हो सकती। हो सकता है कि वे प्राचीन ऋषि मुनि पृथ्वी के बाहर के संसार के चक्र को समझने में सफल हो गए हों, और पृथ्वी के बाहर किसी और ही रूप में रहते हों, अन्तरिक्ष में कई सौरमण्डलों का संचालन करते हों..."

"हमें ये नहीं भूलना चाहिए कि ये ऋषि ही थे जो इस संसार के पहले अनुसंधान करने वाले व्यक्ति थे। ये ही इस संसार के पहले वैज्ञानिक भी थे...."

बस, बस दादाजी, अब थोड़ा ज्यादा हो गया!
क्या हुआ?

वो अनुसंधान करने वाले तक ठीक था....
लेकिन उन्हे वैज्ञानिक कह देना ज्यादा हो गया।



देखिए, माफ कीजिएगा हम भी साइंस के ही स्टूडेंट है। विज्ञान की बारीकियां हम भी समझने की कोशिश ही कर रहे हैं। पुरानी रीतियां और ज्ञान को जानना ठीक है, लेकिन इस कारण से हम उन्हे सुपर ह्युमन तो नहीं मान सकते ना?
हो सकता है कि उनकी कही बातों के कारण किसी का भला या बुरा हो गया हो, लेकिन यह संयोग भी तो हो सकता है।

और रही बात संतान देने की तो अब तो हमें भी पता है कि संतान कैसे पैदा होती है। इसमें किसी वरदान का कोई हाथ नहीं है।

मैंने कहा था ना दादू, वेद से आप तर्क में नहीं जीत सकते, ये हमारी क्लास का टोपर है; साइंस, खासकर स्पेस साइंस इसका फेवरेट सब्जेक्ट है।
माफ कीजिएगा दादाजी, कोई साइंस में ज़बरदस्ती धर्म पुराण या पुरानी चीज़ें जोड़ने की कोशिश करता है...
तो मुझसे बर्दाश्त नहीं होता। विज्ञान आगे बढ़ने का नाम है ना कि पीछे मुड़ने का।
वैसे आज आपसे मिलकर बहुत अच्छा लगा दादाजी। जैसे आप वरुण के दादू हैं, वैसे ही हमारे भी दादा। अब चलता हूँ, चरण स्पर्श!
सदा खुश रहो, वेद बेटा। वैसे एक बात कहूं? मैं तुम्हारी बातों से सहमत हूँ। लेकिन एक और तर्क ये है कि साइंस का मतलब ही एक खुली मानसिकता रखने से है। हम किसी भी और सम्भावना या कॉन्सेप्ट को केवल पुराना और दकियानूसी मानकर हमारी सोच के दायरे से सदा ही दूर रखें तो ऐसी सोच भी तो वैज्ञानिक नहीं कहलाएगी
ठीक कहा आपने, ये बात हमेशा याद रखूंगा।
वाह, मान गए तुझे वेद। मैं तो दादाजी की इन ऋषि मुनियों की बातों का कभी जवाब दे ही नहीं पाता था। लेकिन आज तूने सही से तर्क देकर उनकी बातों को काटा।
मैं केवल प्रत्यक्ष को प्रमाण मानता हूँ, वरुण। और यही तो हम तीनों के साइंस ग्रुप का पहला नियम भी है।
खैर वो सब छोड़ो, आज का प्रोग्राम याद है ना? आज उस मीटियोर का इम्पेक्ट होगा। ठीक 3 बजे का टाइम है। तुम दोनों उस समय मेरे घर पर होने चाहिए। हमारा सारा प्रोजेक्ट इसी पर निर्भर करता है। तुम दोनों आ रहे हो ना?

अम्म.. मुझे पापा से पूछना पड़ेगा।
अरे, अब ये क्या नई बात है? हमारी बात हुई थी न, कि आज हम तीनों वेद के घर पर ही उस मीटियोर का गिरना देखेंगे? तुम ही उसकी ऊर्जा लेवल के बारे में सारी जानकारियां इकट्ठा कर रही हो।
हम ये शोध तुम्हारे घर पर भी कर सकते थे लेकिन तुम जानती हो कि वो हाईपावर टेलीस्कोप मेरे घर पर है जिसे मैं कहीं और लेकर नहीं जा सकता।
में जानती हूं। लेकिन मेरी बात भी समझो, इतनी रात को लड़कों के यहाँ जाना कोई नॉर्मल बात नहीं है। मुझे परमिशन लेनी पड़ेगी।
चिन्ता मत करो, पापा मुझे मना नहीं करेंगे।

"लड़कों के यहाँ रात को जाना नॉर्मल नहीं!!" इसको शायद ये नहीं पता कि हम दोनों के साथ इतना समय बिताने के कारण इसे वैसे भी बाकि लड़कियां नॉर्मल नहीं मानती।
ऐसी बातें मत कर, वरुण। अंतरा बाकि लड़कियों की तरह नहीं है। जहाँ वे सभी मेकअप, ब्वायफ्रेंड्स, गप्पे मारने में लगी रहती हैं, वहीं अंतरा हमारी तरह सांइस के लिए पूरी तरह से समर्पित है।
इसकी तेज़ बुद्धि के कारण ही आज ये हमारे ग्रुप में है। मुझे विश्वास है कि ये अपने पापा को मना लेगी।
आशा करता हूँ कि तू सही हो।

चल फिर आज रात को मिलते हैं और उस उल्कापिण्ड को गिरते हुए देखेंगे। अब मैं भी निकलता हूँ। रेडियो एफ एम का समय हो गया है।
हां, हां, और तेरी नेहा की आवाज़ सुनने का भी, बाय!

"गुड मार्निंग जयपुर, आप सुन रहे हैं नाइन्टी फोर पांइट फाइव एक एम, और मैं हूँ आर जे नेहा। आज का दिन हम सभी शहर वासियों के लिए बेहद खास है। जानते हैं क्यों?"

"पिछले कई हफ्तों से पृथ्वी की ओर बढ़ रहा ब्लैक कैट मीटियोर, यानि कि उल्का पिण्ड आज रात पृथ्वी पर गिरेगा। हमारे शहर के लोगों के लिए विशेष बात ये है कि इस उल्कापिण्ड का इम्पेक्ट यहीं हमारे शहर में होगा। जी हाँ, अमेरीकी स्पेस सेंटर नासा और भारतीय स्पेस सेंटर इसरो के मुताबिक ये उल्कापिण्ड जयपुर के सीमावर्ती क्षेत्रों में एक खाली मैदान में गिरेगा। वहाँ के आसपास की झुग्गी झोपड़ियों को हटवा दिया गया है। हम सभी बहुत एक्साइटेड हैं।"
"जो लोग नहीं जानते हैं और ये सोच रहे हैं कि जैसे एक मीटियोर ने कई बिलीयन वर्षों पहले डायनासोरों का खात्मा कर दिया था, वैसे ही कहीं ये मीटियोर पृथ्वी पर के आज के जीवन को ना खत्म कर दे, उन्हें मैं बता दूं कि दुनिया भर के स्पेस साइंटिस्टों ने इस बात की पुष्टि की है कि इस उल्कापिण्ड का पृथ्वी पर गिरने से पृथ्वी को कोई खतरा नहीं है।"

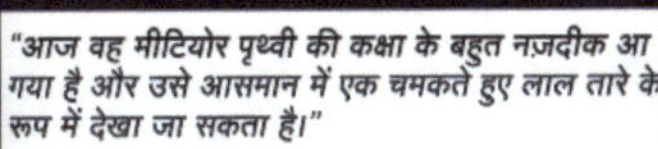

"आज वह मीटियोर पृथ्वी की कक्षा के बहुत नज़दीक आ गया है और उसे आसमान में एक चमकते हुए लाल तारे के रूप में देखा जा सकता है।"

"ये बात तय है कि इस मीटियोर में अन्तरिक्ष के कई गूढ़ रहस्य छुपे हुए हैं और उनका पता लगाने के लिए हमारे प्यारे से शहर में आज नेशनल और इन्टरनेशनल स्तर के साइंटिस्ट आए हुए हैं।"

"आज रात को ठीक आठ बजे इस मीटियोर का इम्पैक्ट यानि कि इसका गिरना होगा। हम... ...हरवासी दिल थाम कर इसका ... कर रहे हैं।"
"और जब तक हम इन्तज़ार कर रहे हैं, तब तक हम डब्बू खान का ये लेटेस्ट तड़कता फड़कता गाना सुनते हैं...."
MAJ VIKR 22S
नानी!
नानी, आप नहीं जानती कि आपके पीछे कौन खड़ा है और वो आपसे क्या पूछना चाहता है।
मैं जानती हूँ कि मेरे पीछे एक बहुत ही हैंडसम और काबिल नवयुवक खड़ा है
जो अपनी नानी से बहुत प्यार करता है और वो ये पूछना चाहता है कि नानी, क्या आपने सुबह की दवाइयां ले लीं।
तो बताइए, आपने दवाइयां ले ली?
हां बेटा, दवाइयां भी ले ली...
और मेरे प्यारे से नवासे के लिए बढ़िया नाश्ता भी बना दिया। तेरा फेवरेट, आलू का पराठा।
वाव, मैं जल्दी से हाथ मुँह धोकर आता हूँ। मेरा डोगा कहाँ है?
डोगा!
डोगाऽऽऽऽ !!

ये... ये क्या किया तूने डोगा! पापा...
बाहर निकल! तूने मेरे पापा की फोटो तोड़ी!
मां, पापा की ये पेंटिंग स्पेशल ऑर्डर देकर लोटस ऑफ सरस्वती से बनवाई थी। कितना समय लगा था उनको इसे बनाने में। और आज डोगा ने इसे तोड़ दिया। ये मेरी फेवरेट थी.....
वेद, सम्भालो अपने आपको! देखो, डोगा तुमसे डर रहा है। अब कोई बात नहीं, डोगा ने जानबूझ कर नहीं किया वेद। प्लीज़, अब दुखी ना हो

अब तक दुखी है, वेद? इसने नाश्ता भी नहीं किया। वो पेंटिंग शायद उसके दिल के बहुत क़रीब थी।
अपने पिता से जुड़ी हर एक चीज़ उसके दिल के बहुत क़रीब है, मां। मेरा बेटा वेद बहुत समझदार है, सभी प्रकार की भावनाओं को समझता है और आदर करता है। बस अपने पिता और उससे जुड़ी सभी बातों को लेकर वह बहुत अधिक इमोशनल हो जाता है। उन तस्वीरों और पेंटिंग्स को अपने पास रखकर मानो वह अपने पिता को अपने पास रखना चाहता है।
वेद ने कभी अपने पिता मेजर विक्रम को देखा नहीं है, गायत्री। इसी कारण विक्रम से जुड़ी हुई हरेक चीज़ से उसे बहुत लगाव है।
ये लगाव उस अभाव की वजह से है जो वो अपने जीवन में महसूस करता है।
वह पढ़ाई और प्रोजेक्ट्स में व्यस्त रहते हुए इस अभाव से ध्यान भटकाने कीकोशिश करता है। जो बहुत समझदार हो उसे भी भावनात्मक सपोर्ट की ज़रुरत होती है, बेटी।
डोगा, सॉरी दोस्त, मैं तुझ पर ज्यादा ही गुस्सा कर बैठा।
तू तो जानता ही है पापा की फोटोस मेरे लिए कितनी ज़रुरी हैं। जानता हूँ तूने कुछ जान बूझकर नहीं किया। माफ कर दे यार।
जानता है डोगा, मेरे पापा ने देश के लिए लड़ाई में जान दी थी। मेरी बदकिस्मती कि मैं उन्हे कभी मिल ना सका, देख ना सका। पर मैंने भी एक वादा खुद से किया है, डोगा। देखना, जैसे मेरे पापा पर मुझे गर्व है ना, उसी तरह से एक दिन मेरे पापा चाहे जहाँ वो हों, वे मुझ पर गर्व करेंगे।
मैं बहुत अधिक पढ़ाई और मेहनत करके एक दिन एक बड़ा वैज्ञानिक बनूंगा और मानवता और देश की सेवा करूंगा। एक दिन मैं किसी बड़ी संस्था ज्वाइन करूंगा। नासा, इसरो ऐसी किसी संस्था का सदस्य बनूंगा। वैसे अपना नेशनल स्पेस सेंटर इन्स्टीट्यूट भी बुरा नहीं होगा, क्या कहता है?

बहुत भूख लग रही है यार...
अरे, अभी कुछ देर पहले ही तो लंच किया है।
जानता हूँ पर फिर भी, कुछ नोनवेज खाने का मन कर रहा है।
क्या बात है कल्माष, जब से इस नए मीटियोर की स्टडी करने का काम शुरु किया है, देख रहा हूँ कि तुम्हे भूख कुछ ज़्यादा ही लगने लगी है।
हां, आजकल ओवरटाइम काम जो हो रहा है, श्रीकांत।

समझ सकता हूँ। केवल एक मीटियोराइट को स्टडी करना होता तो कोई बात नहीं थी। लेकिन हमें ये सारी जानकारियां निरन्तर इसरो, नासा और अन्य विदेशी स्पेस संस्थानों से भी साझा करनी पड़ रही है। पर क्या करें?
कम्बखत उल्कापिण्ड गिर भी तो हमारे इलाके में रहा है। तुमने इसकी ऊर्जा लेवल की जानकारी ले ली?
ASTEROID
ENERGY LEVEL

हां, पिछले तीन घंटों में इसकी ऊर्जा का स्तर तीस गुना बढ़ गया है। इतनी असाधारण ऊर्जा है इसके अन्दर
ENERGY
7:30 का

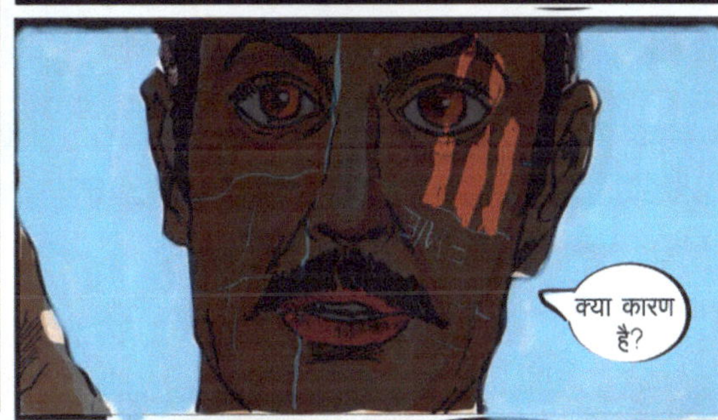
क्या कारण है?

ये पता लगाना हमारा काम नहीं है कल्माष, हमारा काम है इस डेटा को कलेक्ट करके आगे भेजना।
और अगर ये खतरनाक हुआ तो?
खतरनाक? इसका साइज़ देखा है? मात्र १० किलोमीटर इसका व्यास है। ऐसे तो कितने ही एस्टेरोइड पृथ्वी पर रोज़ ही गिरते रहते हैं। वो तो हम इसकी चमक के कारण इसेदेख सकते हैं वर्ना इसके बारे में भी कुछ पता ना चलता। अनेको क्रेटरों की तरह....

मुझे लगता है हमें इसके बारे में अन्य संस्थानों से जानकारी साझा करने से पहले उनसे मोटी रकम लेनी चाहिए जिससे हमारा नाम हो....
जानकारी के लिए पैसे लेना नैतिक और कानूनी दोनों रूप से गलत होगा।
और फिर हमारा काम ज्ञान बांटना है, उसका क्रेडिट कौन लेता है इससे हमें कोई सरोकार नहीं होना....
....हैलो, श्रीकांत? क्या तुम मुझे सुन सकते हो?.....

हां, मैं श्रीकांत तुम्हे सुन सकता हूं, बोलो..
श्रीकांत, मैं नासा से किशोर, अभी अभी हमारे सैटेलाइट्स ने उस मीटियोराइट की ताज़ा तस्वीरें ली हैं। तुम्हे भेज रहा हूँ।

हां, रिसीव हो रही है।

Meteorite
15:30 pm
वाह, ये कैसा पत्थर है? ऐसा पैटर्न तो मैंने पहले कभी नहीं देखा।

कहीं इसका आकार और सतह का स्वरूप ही तो इसकी असाधारण ऊर्जा का कारण नहीं?

ओह!

म..मैं अभी आता हूँ...
कल्माष?
CONTROL ROOM
EXIT
PARKING

अक्..

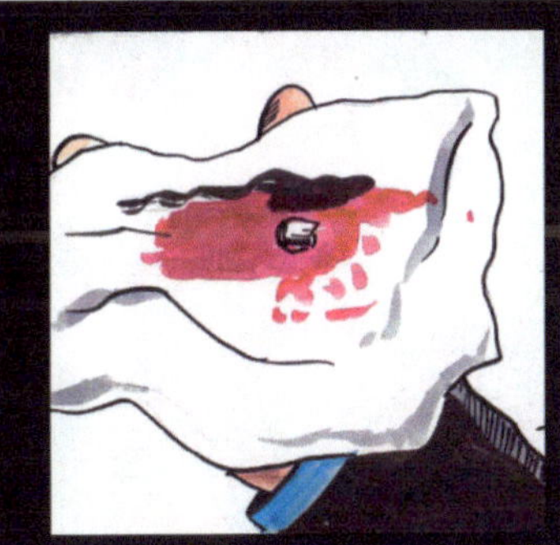

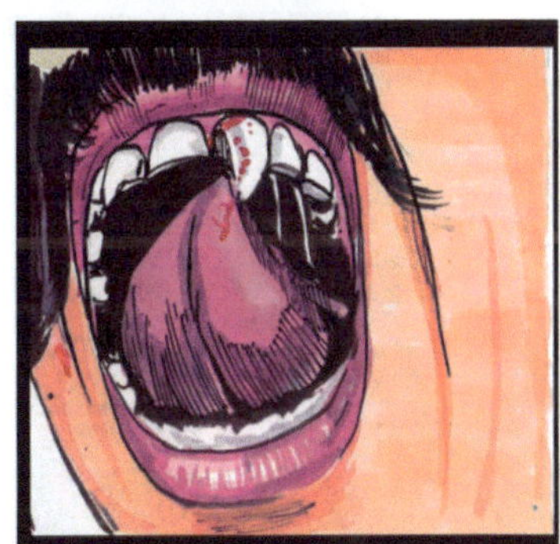

कल्माष?
तुम ठीक तो हो?

श्रीकांत,
चलो,
आज मटन
बिरियानी ऑर्डर
करते हैं!

मां, मां, जल्दी से बताओ, आज खाने में क्या बनाया है?
भिण्डी की सब्ज़ी।
वाव, भिण्डी ही तो मेरी फेवरेट है। और मेरे मां के हाथ की तो...
इतना मस्का क्यों लगा रही है? क्या चाहिए?

मां, वो मुझे ना आज रात वेद के घर जाना होगा।
रात को?
वो आज मीटियोराइट का इम्पेक्ट है ना? हम तीनों इसी पर अपना प्रोजेक्ट बना रहे हैं। इसलिए.....

मुझे कोई आपत्ति नहीं, अपने पापा से पूछ ले।
पापा बाहर लौन में बैठे हैं पर उनके साथ ये कौन लोग हैं?
पता नहीं कौन है। अचानक ही आ धमके। चारों दिखने में तो कोई गुण्डे मवाली लग रहे हैं।

डाक्टर सा'ब, आप भी बेकार में ही पुलिस वुलिस के चक्कर में पड़ रहे हैं। जिन लोगों के साथ आप काम कर रहे हैं वो वैसे भी आपको रुपए पैसे की कोई कमी थोड़े ही होने देते हैं। फिर क्यों आप बेकार में उन्ही के खिलाफ पुलिस का साथ दे रहे हैं?

इसलिए आप मेरी बात मान लीजिए, पुलिस का खबरी बनना छोड़ दीजिए। वही आपके लिए, आपकी पत्नी के लिए, और आपकी प्यारी बेटी अन्तरा के लिए ठीक रहेगा। वैसे वो किस स्कूल में जाती है, किससे मिलती है, हमें सब पता है....

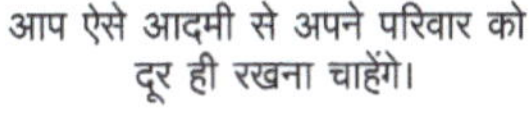

पांच खून के इल्ज़ाम हैं उस पर, जिनमें से तीन तो नाबालिक बच्चियां थी। क्रिमिनल्स भी उसके नाम से थर थर कांपते हैं। बंदूक चलाना उसका रोज़मर्रा का काम है।

आप ऐसे आदमी से अपने परिवार को दूर ही रखना चाहेंगे।

पापा, वो मुझे आज रात वेद के घर जाना होगा। थोड़ा लेट हो सकता है।

रात को? नहीं बिल्कुल नहीं।

पर पापा, आज रात उस मीटियोराइट का इम्पेक्ट होगा। हमारा प्रोजेक्ट उसी पर है। उसका लाइव डेटा लेना हमारे लिए बहुत जरुरी है।

मैंने कह दिया ना तुम नहीं जाओगी!

सब ग़लती मेरी ही है। तुम्हे इतनी छूट देनी ही नहीं चाहिए थी। ये रात भर लड़कों के यहां रहना किस अच्छी लड़की की निशानी है?

प्रभात, ये तुम क्या कह रहे हो? हम कब से लड़का लड़की में फर्क करने लगे? तुम्हे तो खुश होना चाहिए हमारी बेटी कुछ साइंटिफिक रिसर्च कर रही है।

अगर इसके अकेले जाने में परेशानी है तो मैं इसके साथ चली जाती हूँ। वेद की मां गायत्री मेरी अच्छी दोस्त है। उससे मिले मुझे भी बहुत दिन हो गए हैं। तब तो तुम्हे कोई आपत्ति नहीं है न?

हां, तब ठीक है। पर तुम ड्राइवर को साथ ले जाना। अकेले मत जाना। सॉरी अन्तरा बेटा, मैं थोड़ा परेशान हूँ इसलिए ज्यादा बोल गया।

और उस रात...

आज तो पापा ने लगभग मना ही कर दिया था। मम्मी की वजह से ही मैं यहां आ पाई हूँ।

थैंक्स टू आंटी, बस एक घंटे की बात है। थोड़ी देर में वह इम्पेक्ट होगा।

और हम सब कुछ रिकॉर्ड कर लेंगे। कल सुबह सब डेटा कलेक्ट करेंगे। वरुण, सेट हुआ?

हां यार, बस आखिरी स्क्रू कस रहा हूँ। फिर हमारा ये सुपर टेलीस्कोप रेडी।

नमस्कार, मैं आलिया, सीधे उस स्थल से जहाँ अब से कुछ ही देर में वह मीटियोराइट टकराएगा।

दिन में थोड़ा चमकने वाला वह मीटियोराइट अब एक तेज़ चमकदार तारे की तरह काले आसमान को चमका रहा है। हवाएं तेज़ हो गई हैं। पृथ्वी के वातावरण में प्रवेश करते ही उसके टूट कर बिखरने का अनुमान है।
बेटा वेद, वरुण, अन्तरा, क्या सच में तुम लोग टीवी पर लाइव प्रसारण नहीं देखना चाहते?

नहीं मां!

यहाँ हमारे टेलीस्कोप का दृश्य आपके लाइव प्रसारण से कहीं ज्यादा रोचक है।

हवाएं अचानक तेज़ हो गई हैं। अब से कुछ ही देर में इम्पेक्ट होगा। कल्माष किसी भी जियोलोजिस्ट के लिए ऐसे क्षण बेहद महत्त्वपूर्ण होते हैं। क्या सच में तुम कार से बाहर आकर इसे साक्षात नहीं देखना चाहते?

नहीं,.... मैं यहीं ठीक हूँ... श्रीकांत....

इसके एनर्जी लेवल में चालीस प्रतिशत की बढ़ोतरी हो गई है। जब से इसको पहली बार देखा गया था तब से लगभग दो सौ प्रतिशत।
क्या ये खतरनाक है?
नहीं, इसका आकार बहुत छोटा है। मात्र १० किलोमीटर लम्बा है।
भूलो मत, चिक्सुलुब क्रेटर जो डायनासोरों के खात्मे के बाद बना था उसका व्यास भी दस किलोमीटर था।
और इसका भार भी बहुत कम दिख रहा है। जिस गति से ये आगे बढ़ रहा है, लगता नहीं कि इसमें कोई दम है। पृथ्वी के वातावरण में आते ही वैसे भी इसको छिन्न भिन्न हो जाना है। इसके टुकड़े मेरी गणना के मुताबिक दस से बीस किलोमीटर के दायरे में गिरेंगे। काश कि हम उन टुकड़ों को गिरते ही देख पाते।
ले तेरी इच्छा शायद पूरी होने वाली है, वरुण!
क्या मतलब?
मतलब कि शायद इसने अपनी दिशा बदल ली है। मेरे ख्याल से इसकी ट्रेजेक्टरी बदल चुकी है।
क्या? अब ये कहाँ गिरेगा?
यहीं कहीं, हमारे आस पास..

इम्पेक्ट काउंटडाउन शुरु होता है:

# 10...9....8....7...6...5...4...3...2...1

थ ली

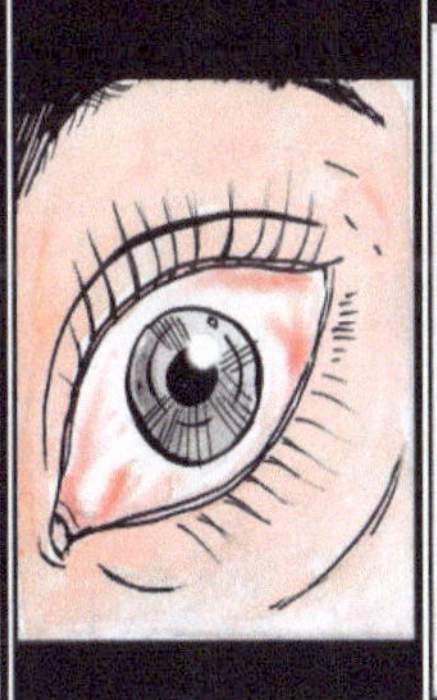

वरुण, चल जल्दी, हमें इम्पेक्ट की जगह पहुँचना है।
मैं भी चलूं?
नहीं, तुम यहीं रहो, अन्तरा। ना मालूम वहाँ क्या हो....!

वेद, वरुण, सम्भल कर बेटा।
डोन्ट वरी आंटी....
हम थोड़ी दूर से ही देखेंगे।

क्या हुआ?
वह ४० किलोमीटर दूर गिरा है।

मुझे वहाँ जाना है, अभी!
क्या निर्देशों का इन्तज़ार कर लें?

भाड़ में गए निर्देश, मुझे उस जगह जाना है।

वो देख वरुण, वहीं शायद उस मीटियोराइट का टुकड़ा गिरा है। हमें वहाँ चलना होगा।
वेद, मेरे ख्याल से थोड़ा दूर ही रहते हैं। सेफ रहेगा।

चल ना, डरता क्या है?
वेद, आर यू श्योर?

वरुण,
व...व..वरुण...
तूने देखा?

हमें उसके पीछे जाना चाहिए, चल!
पागल मत बन, वेद। हम नहीं जानते वो क्या है। अभी थोड़ी ही देर में यहाँ पुलिस, विशेषज्ञ, प्रेस सभी आ जाएंगे।

वो लोग इसे ज़रूर ढूँढ लेंगे। हमें अभी इस सब में नहीं पड़ना। कोई अगर नहीं ढूँढ पाया तो कल सुबह हम यहाँ वापस आएंगे। पक्का!!

आर यू गाय्स श्योर? तुम दोनों सच कह रहे हो ना? जानते हो, अगर ये सच हुआ तो ये शायद मानव इतिहास की सबसे बड़ी खोज कहलाएगी।
मैं सच कह रहा हूँ अन्तरा। हमने खुद देखा है। उस उल्कापिण्ड के भाग से एक मनुष्य निकला था। देखने में हमारे तुम्हारे जैसा।
मैं जानता हूँ कि हमारे पास कोई सबूत नहीं है, अगर किसी ने पूछ लिया तो। लेकिन यही सच है। हमें वहाँ चल के सच जानना चाहिए। वरुण के कहने पर मैं आगे नहीं बढ़ा।

वरुण ने ठीक ही कहा। रात को उस जंगल में जाना सेफ नहीं है। नाजाने तुम दोनों ने क्या देखा है।
अन्तरा बेटा, घर चलें?
देखो, अभी मैं चलती हूँ लेकिन तुम लोग इस बारे में किसी को कुछ मत बताना। कल हम तीनों दिन में उस जगह चलेंगे और पड़ताल करेंगे। कुछ भी निष्कर्श पर पहुँचने से पहले हमें पूरी जांच करनी होगी।
यहाँ पर कोई था।

कल्माष?
कोई तो है, कुछ तो है जो उस उल्कापिण्ड में से निकला है। मैंने ऐसा बहुत सालों से ऐसा अनुभव नहीं किया। आज कुछ तो हुआ है। मैं जान कर रहूंगा। हमें इस जंगल में अन्दर जाना पड़ेगा।
नहीं कल्माष, थोड़ी ही देर में सभी स्पेस संस्थाओं के विशेषझ यहाँ आ जाएंगे। हम इस समय कुछ नहीं कर सकते।
मैं जानकर रहूंगा..

अगली सुबह

आपकी बातों से मैं सहमत हूँ इन्स्पेक्टर सा'ब लेकिन वो लोग मेरे घर पर आकर मुझे धमकी देकर गए।

उनकी नज़र मेरे पूरे परिवार पर है। कानून का साथ देने के चक्कर में मैं अपने परिवार को तो खतरे में नहीं डाल सकता।

डाक्टर प्रभात, आप बिल्कुल चिन्ता ना करें। हमारे गार्ड्स आपके घर के चारों ओर सुबह शाम पहरा दे रहे हैं। हम आपके परिवार पर कोई आंच नहीं आने देंगे।

"आप ये सोचिए कि आपकी एक मदद से कितनी जानें बच सकती है। उन खतरनाक लोगों के खिलाफ आप हमारी आखिरी उम्मीद है।"
"आपकी गवाही के बिना हम उन बड़े लोगों को नहीं पकड़ सकते।"

सुनिधि, समझ नहीं आ रहा। एक तरफ तुम्हारी और अन्तरा की सुरक्षा है तो दूसरी तरफ एक सच्चे नागरिक का फर्ज़। क्या करूं?
तुम एक सच्चे नागरिक का फर्ज़ अदा करो प्रभात। हमारी चिन्ता मत करो, भगवान हमारा साथ देंगे।

हैलो, हां बोलो।

ओह, तो डोक्टर ने ओखली में सिर दे ही दिया। अफसोस, इतना समझाने का भी कोई असर नहीं हुआ।

चलो दोस्तों, एक छुई मुई स्कूल की छोकरी को उठाने चलना है।

मुझे तो अब भी विश्वास नहीं हो रहा कि तुमने कल रात वो सब देखा। ये तुम्हारी आंखों का भ्रम भी तो हो सकता है। हो सकता है कि वहाँ कोई आदमी पहले से बैठा हो। क्यों वरुण, तुम क्या कहते हो?
हां, वैसे अब जब मैं अन्तरा की ये बात सुन रहा हूँ तो ऐसा लगता है कि शायद आंखों का धोखा हो।
क्या बात कर रहा है यार वरुण, हम दोनों ने अपने सामने उसे देखा था। वो कोई नोर्मल आदमी नहीं था, कुछ अजीब था उसमें। उसकी आँखें देखी थी??

खैर हम वहाँ पहुँच गए हैं जहाँ तुम्हारे हिसाब से वह एलियन भाग कर गया था, अभी पता चल जाएगा। चलो उस आदमी से पूछते हैं। शायद उसको पता हो।
ओ भाईसाहब!

27

जी ?

ये वही है! ये वही है!
ये एलियन है!

एलियन?
यानि पराजीव? माफ कीजिए,
मैं समझा नहीं।

वेद, आर यू श्योर?
अन्तरा ये वही है, मैं सच कह रहा हूँ।
मैं नहीं जानता तुम क्या कह रहे हो? मैं तो यहाँ कुछ भेड़ों को चराने आया था।

क्या आप यहीं रहते हैं?
यही आसपास, क्यों? क्या हुआ? क्या मैं तुम्हारी कुछ मदद कर सकता हूँ?

ये झूठ बोल रहा है!

वरुण तू भी तो मेरे साथ था न? तूने भी देखा था न? ये वही है ना? जिसे हमने कल रात मीटियोराइट गिरने के बाद देखा था?
बोल न!
यार वेद, मैं श्योर नहीं हूँ। हो सकता है कि ये आदमी यही रहता हो और हमने उसे वहाँ देखा हो

लगता है आपको कुछ गलत फहमी हो गई है। कोई बात नहीं, कभी कभी जो कुछ दिखता है, सच्चाई उससे कहीं अलग होती है।
बहरहाल, मैं आपको यकीन दिला दूं कि मैं कोई एलियन नहीं हूँ। मैं भी आपकी ही तरह इस पृथ्वी का निवासी हूँ।

माफ कीजिएगा, आपको परेशानी हुई।
नहीं ये तुम लोग क्या कर रहे हो, मुझे पूरा यकीन है कि ये यही है!
चल, वेद!

तुम लोग मेरी बात क्यों नहीं मान रहे हो?
कोई बात नहीं भ्रम सबको होता है लेकिन टूट भी जाता है।

घबराओ नहीं
टूटी हुई चीज़ फिर से जुड़ भी जाती है।

तुम लोग गलती कर रहे हो, मैं कह रहा हूँ..
रिलेक्स वेद, तुम कुछ ज़्यादा ही परेशान हो रहे हो।
कौन परेशान हो रहा है?
कुछ नहीं नानी, वेद का दिमाग थोड़ा...
घबराओ नहीं, मैं आज तुम सबके लिए इतना स्वादिष्ट नाश्ता बनाने वाली हूँ कि तुम सबका दिलोदिमाग तरोताज़ा हो जाएगा।
मुझे कुछ समय एकांत चाहिए, चल डोगा!
नानी, मां ने उस आर्टिस्ट से कैसे कोन्टेट किया? इतनी जल्दी ये पेंटिंग कैसे ठीक हो गई?
ठीक? अभी कहाँ? तेरी मां को समय ही नहीं मिला। उसे तो आज सुबह दिल्ली जाना पड़ा। वह वापस आती है तो हम सोचते हैं कि इस पेंटिंग को कैसे ठीक करेंगे।
''घबराओ नहीं''
''टूटी हुई चीज़ फिर से जुड़ भी जाती है।''
गाय्स!!
हमें अभी इसी वक्त फिर से वहीं चलना होगा।

अरे कहाँ जा रहे हो? नाश्ता तो करके जाओ!
सोरी नानी, नाश्ता इन्तज़ार कर सकता है, एलियन नहीं!
एलियन?
वो रही डोक्टर की बेटी, चलो उसके पीछे!
आई होप तुम्हारे पास अच्छी वजह है यहाँ वापस आने की वेद, हमने नानी का ब्रेकफास्ट छोड़ा है।
है, बताता हूँ.....
तुम इतना यकीन से कैसे कह सकते हो?
उसने हमें यूं ही वो बातें नहीं कही थी। मेरा मन कहता है कि वो वही है।
वो तो ठीक है, पर वो है कहाँ?
"मैं यहाँ हूँ।"

तो मुझे ढूँढते हुए मेरे ये मित्र फिर से आ ही गए। स्वागत है वेद, अन्तरा और वरुण!

तुम हमारा नाम कैसे जानते हो?
क्या सच में ये तुम्हारे लिए सबसे ज़रूरी सवाल है?
अगर मैं ये कहूं कि मेरे एक पूर्वज ने एक ऐसा रिकार्ड डेटाबेस बनाया था जिसमें सभी मनुष्यों की सारी जानकारी है, तो क्या तुम मानोगे?
ये कैसे सम्भव है?
तुम्ही ने मेरे पापा की पेंटिंग ठीक की। है न?
हां, जिसके टूटने पर तुमने यूं ही बेचारे डोगा को डांटा था। क्यों डोगा, बहुत दुख हुआ था न उस समय?
तुम सब कुछ कैसे जानते हो?
कल रात मीटियोराइट से तुम ही आए थे न?
तुम हो कौन?
शान्ति शान्ति,
सब सवालों के जवाब मिलेंगे, लेकिन शायद अभी...

हमारे सामने कुछ नए मेहमान आए हैं
जिनकी मेज़बानी हमें करनी पड़ेगी।

पीछे देखो!



हैलो किड्स, डियर अन्तरा, कैसी हो?

तुम कौन हो?
जोनी, जोनी परेरा, तुम्हारे पापा का दोस्त। कल तुमने मुझे तुम्हारे घर पर देखा था न, उनके साथ। चलो, उन्होने तुम्हे बुलाया है और मुझे भेजा है तुम्हे लाने के लिए।
मैं तुम्हे नहीं जानती।

कोई बात नहीं, हम तुम्हे जानते हैं। हमारे साथ चलो, हम तुम्हे कोई नुकसान नहीं पहुँचाएंगे। वो वहाँ हमारी वैन खड़ी है, चलो वहीं चलते हैं।

ऐ मिस्टर, तुम जो भी हो,
हमारे रहते तुम अन्तरा को कहीं नहीं ले जा सकते।
ओह, ब्वायफ्रेंड्स?? बच्चों, अभी तुम इतने बड़े नहीं हुए हो कि हमें रोक पाओ।
इसलिए सिर्फ एक बार बोलूंगा। पीछे हट जाओ, अभी!
क्या मैं कुछ बोल सकता हूँ मिस्टर जोनी?
अगर ये बच्ची तुम्हारे साथ सुरक्षित नहीं महसूस कर रही है तो इसे छोड़ कर तुम चले क्यों नहीं जाते?
तुम कौन हो बीच में बोलने वाले? दिखने में तो कोई साधु बाबा लगते हो। पीछे हट जाओ, बाबा, वरना खोल कर रख दूंगा!
अच्छा? कोशिश करके देख लो!
ये ले !!

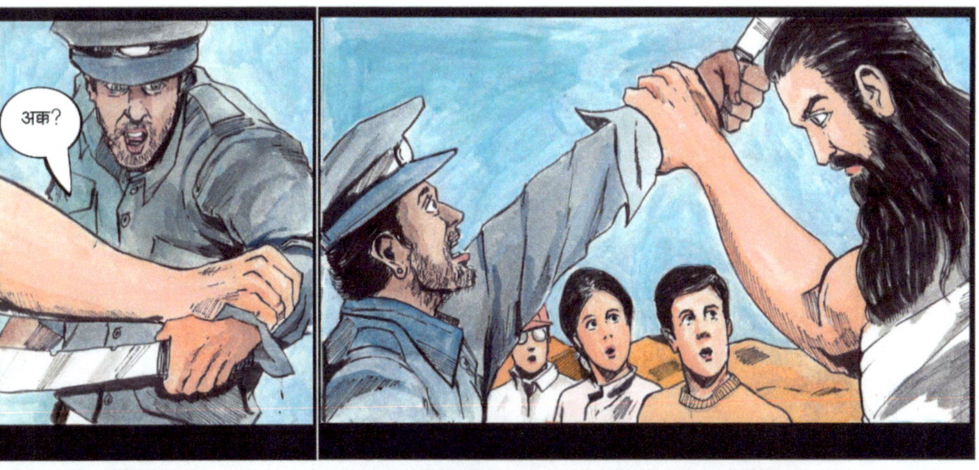
अक?

आऽऽऽऽऽऽऽऽऽ

ध ड़ा क
आह, अरे खड़े खड़े मेरा मुँह क्या देख रहे हो? मारो इसे!

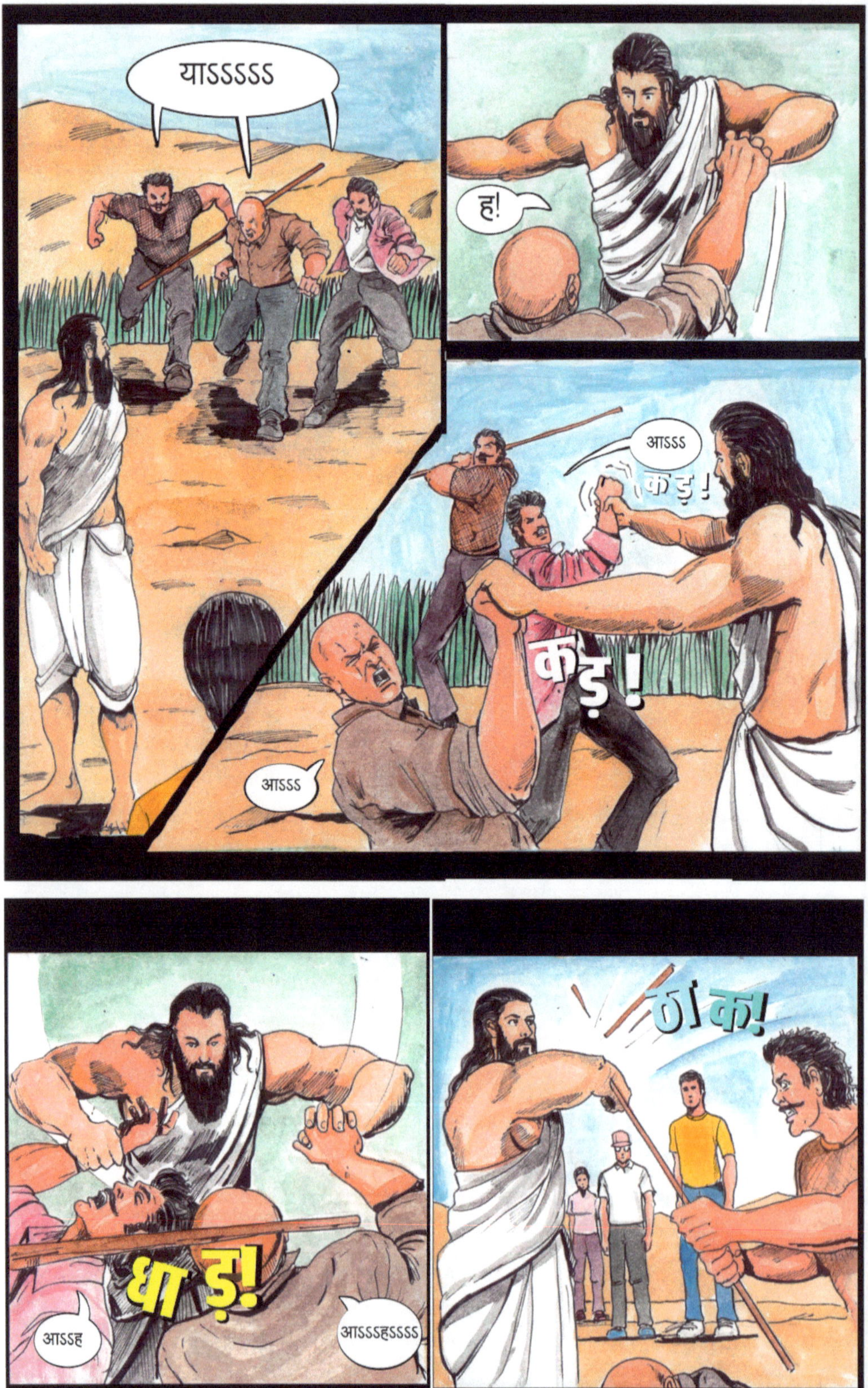

याऽऽऽऽऽ
ह!
आऽऽऽ
कड़!
कड़!
आऽऽऽ

धा ड़!
आऽऽह
आऽऽऽहऽऽऽऽ

ठां क!

मैं मार दूंगा तुझे!
प्रयास कर के देख लो...
हैं? ब... बचाओ...
अ5555555
आ5555ह5555
लगता है अब उसे बुलाना ही पड़ेगा!
धाड़!

अब्बासऽऽऽ!
इस बाबा की कहानी खत्म कर देऽऽऽ
क्लिक

गुडबाय!
क्लिक
गन?
क्या उसके पास
गन है?
अब हम
नहीं बचेंगे।
तुम सब मेरे
पीछे हो जाओ।

धन धन
धन धन
धन
धन

धन धन धन धन धन
यार एलियन का तो पता नहीं,
पर सुपर ह्यूमन पावर और गोलियों को रोकने की ताकत! ये तो कोई सुपरहीरो लगता है।
धन धन धन
याऽऽऽ
धाऽड़

याऽऽऽऽऽऽऽ
थम

जब तक तुम्हे होश आएगा तुम सब कुछ भूल जाओगे। तुम्हे ये लड़ाई बिल्कुल याद नहीं रहेगी। उसके बाद भी तुम कभी अन्तरा और उसके परिवार को कोई नुकसान नहीं पहुँचाओगे।
हां, तो हमारी बातचीत अधूरी रह गई थी। हम कहाँ थे?
एक सवाल... तुम हो कौन?
मैं महर्षि भृगु का वंशज हूँ। एक भार्गव!
क्रमश:......